VOLUMEN VIII
La Batalla de Nanaimo
& El Reencuentro

CANTERO
EDITORIAL

Escrito e ilustrado por
DAVID **CANTERO**

Dedicado a mi gran amigo y hermano del alma, Antonio Gabriel Perez Reyes
y a su madre Carmen, que me hubiera encantado conocer. ¡Te quiero, hermano!

Agradecimientos:

Agradecimiento especial a Werner
Lilo Arpen - Fermin - Néstor Martínez Martínez - Jose Jorquera - Marcos Celada - Guido Kling
José Luis Limeres - Joan Crisol - Juan Castaño - Khiles - Jero - Oscar Torres - Mayantigo Costa González
Jose Antonio March Cortina - Alejandro Marcilla - Jandro Vamnunelsem - Javier - Xabier Maañón Laxe
Francis - Kevin Molina - Beorn - FabTom - Xabier Maañón - Pau Delshams Muñoz

CROWDFUNDEADO

VERKAM1

WWWOOOOOOOOOOOOOO...WWWOOOOOOOOOOOOOOO

¡NO ME PUEDO CREER QUE HAYA TENIDO LOS OVARIOS DE VENIR AQUÍ!

¡ARVENDAL, QUÉDATE EN EL CASTILLO Y DIRIGE LAS CATAPULTAS HACIA EL BARCO! ¡ES LA FUENTE DEL ATAQUE!

¡PERO, PAPÁ! ¡QUIERO PELEAR A TU LADO!

¡NI NE COÑA! ¡ERES DEMASIADO JOVEN PARA LA BATALLA, HIJO! Y TE NECESITO DENTRO PARA PROTEGER EL CASTILLO.

¡ESCÚCHAME Y HAZ LO QUE TE DIGO!

SÍ, PADRE...

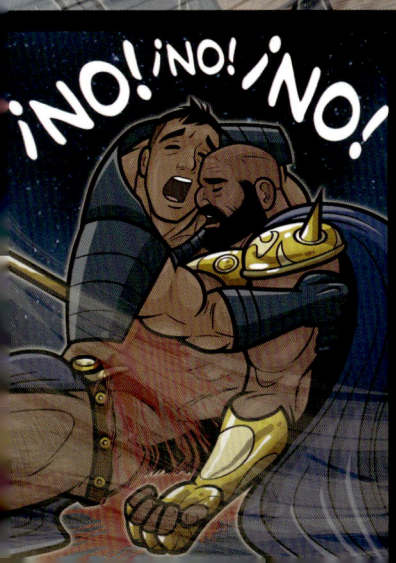

ISLAS RAGE ROCKS...
MI DULCE OPERCULARIS...
¡CÓMO ME MIMAS!
¡TU COMPAÑÍA ES UN REGALO EN ESTA ISLA TAN SOLITARIA!
OOOH... JODER.... SÍÍÍÍÍÍ...
¡TÍO! ¡GRACIAS POR OLVIDARTE POR COMPLETO DE MÍ, CABRÓN!

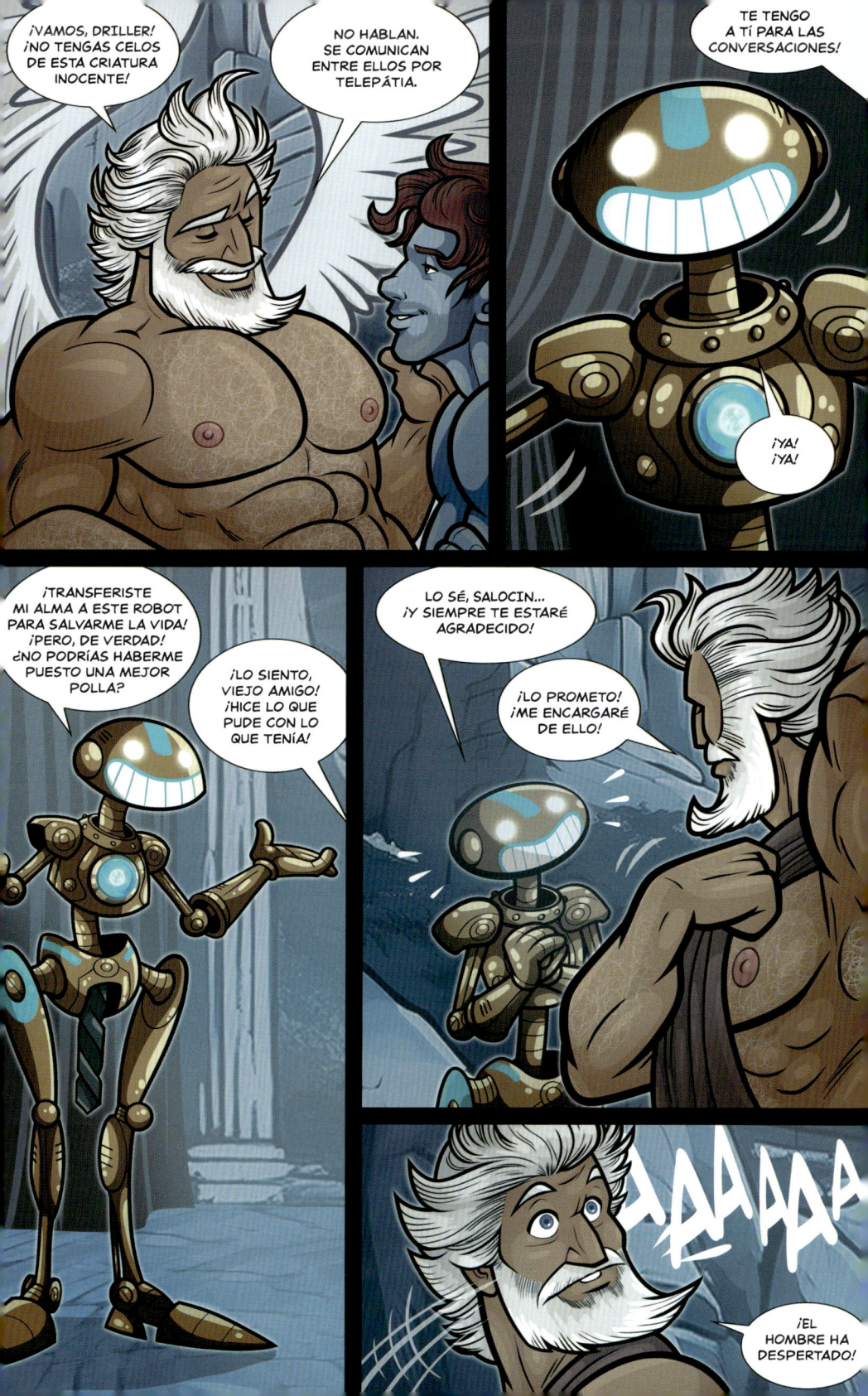

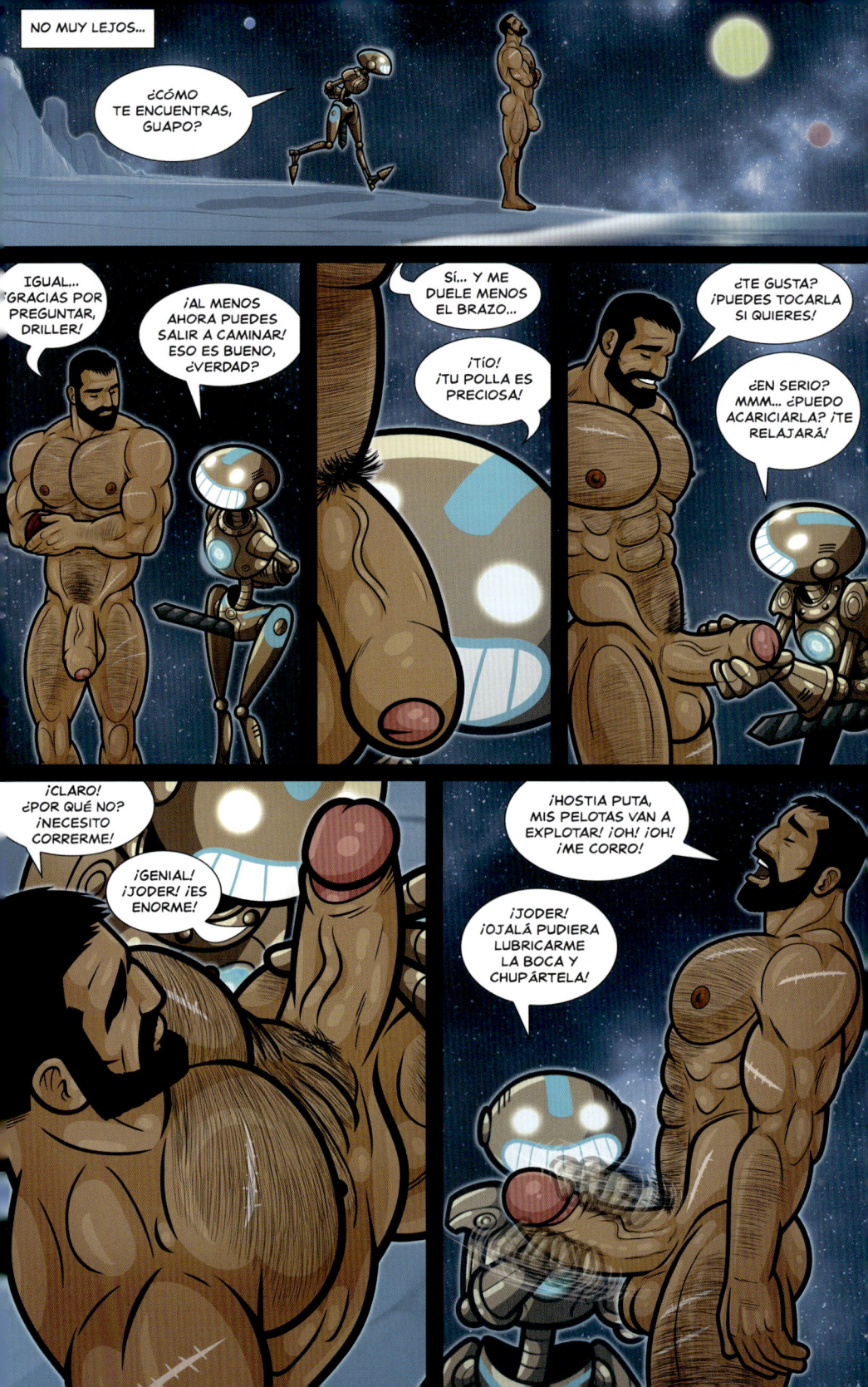

¡DRILL, TÍO! ¡ME CORRO YA!
OH OH OH
¡JODER! ¡EL PUTO PARAISO!
¿ESTÁS BIEN? ¿TE HICE DAÑO?
¡NO, NO PASA NADA! ES SOLO QUE... CUANDO EYACULÉ, ¡VI LA CARA DE UN CHICO GUAPO RUBIO!
¿RUBIO? ¡AY, PORRAS! ¡REALMENTE NO TENEMOS FUTURO JUNTOS!
NO RECUERDO SU NOMBRE... ¡PERO SIENTO QUE ES IMPORTANTE PARA MÍ!
¡MALDITA SEA, DRILLER! ¿HAS ABUSADO DE ÉL?
¿QUÉ? ¿YO? ¡CLARO QUE NO! ¡LE AYUDO A RECORDAR!

¡SÍ, MI SEÑOR! ¡HA SIDO UN DON DESDE MI INFANCIA! ¡POR ESO SIEMPRE PROTEJO A LOS ANIMALES!

¿PUEDES COMUNICARTE CON NOSOTROS?

¡POR SUPUESTO!

¡INCREÍBLE! ¡PUEDO OÍRTE EN MI CABEZA!

¡NO PUEDO LEER TUS PENSAMIENTOS, NO TE PREOCUPES! ¡SOLO ME COMUNICO CONTIGO TELEPÁTICAMENTE!

¡ES INCREÍBLE, MAGRELLE! ¡QUÉ REGALO TAN MARAVILLOSO NOS HAS HECHO AL VENIR AQUÍ!

¡DISFRUTAD DE NUESTRA HOSPITALIDAD Y DE LAS MARAVILLAS DE IZNETA ANTES DE PARTIR! ¡SEAN NUESTRAS HUÉSPEDES, QUERIDAS AMIGAS!

¡ASPID! ¡VE A BUSCAR A *DORETTE*, LA BRUJA! ¡TENGO UNA IDEA GENIAL!

¡VOY, JEFE!

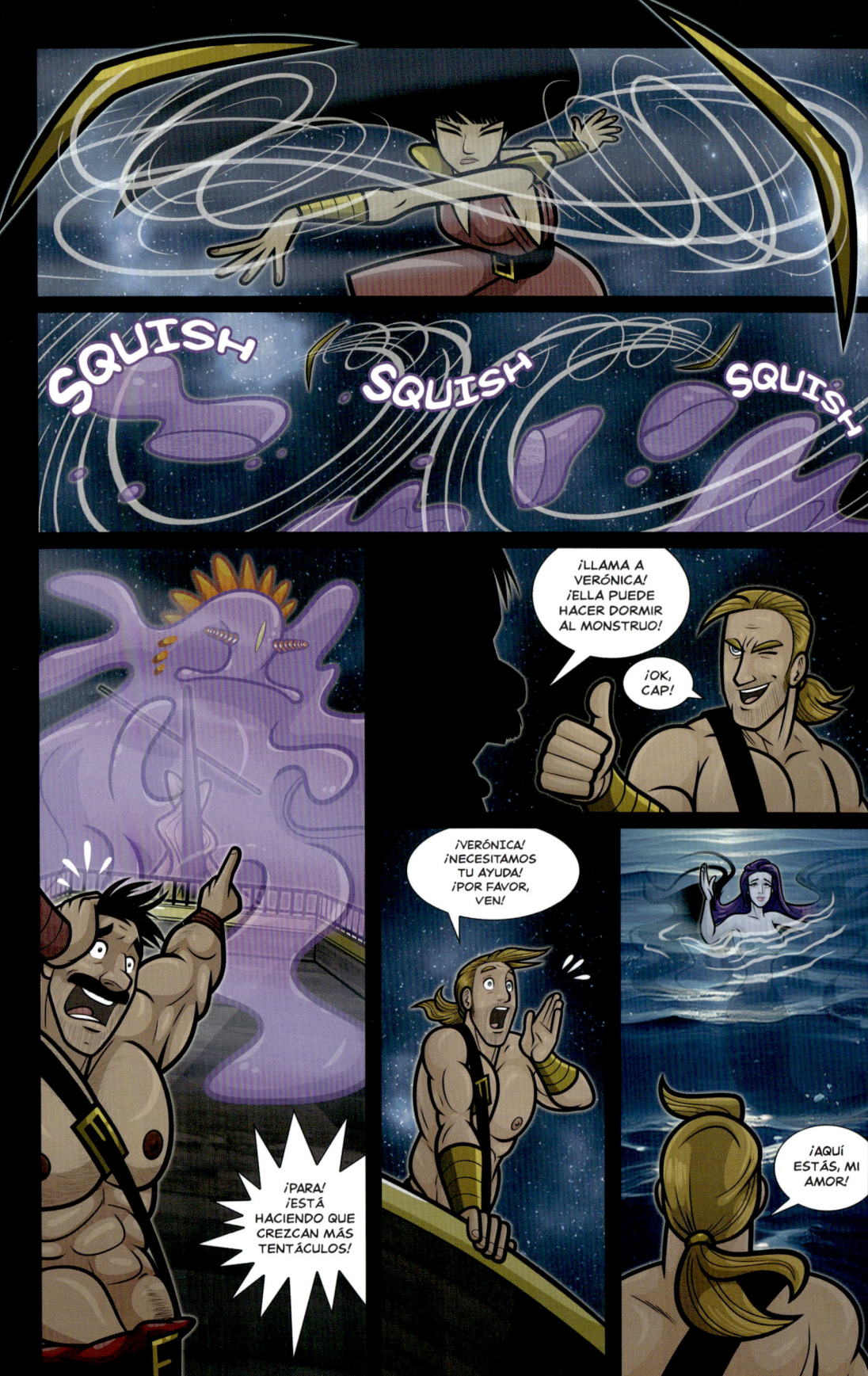

BLUUUUUURRRGGGHH

¡JODER! ¡ES UN DRAGÓN DE VERDAD!

¡PUES CLARO!

5 MINUTOS MÁS TARDE...

¡MAMA MIA! ¡ESA ASQUEROSA BABOSA HA DEJADO EL BARCO HECHO UN DESASTRE!

BUENO, LIMPIAR ESTE DESASTRE ES MEJOR QUE MORIR, ¿NO?

MMM... ¡ESTA MIERDA ESTÁ LLENA DE ÁCIDO! ¡TERMINARÁ COMIENDOSE EL BARCO!

LONGSHOT, ¡VE ALLÍ ARRIBA Y ENCUENTRA LA ISLA MÁS CERCANA!

¡YEP, CAP!

SI ENCONTRAMOS UNA PLAYA, ¡PODREMOS LIMPIAR EL ÁCIDO CON LA ARENA!

¡NO TE PREOCUPES, JUNE! ¡SALVAREMOS EL BARCO!

¡CAPITÁN! ¡LAS ISLAS RAGE ROCKS AL HORIZONTE!

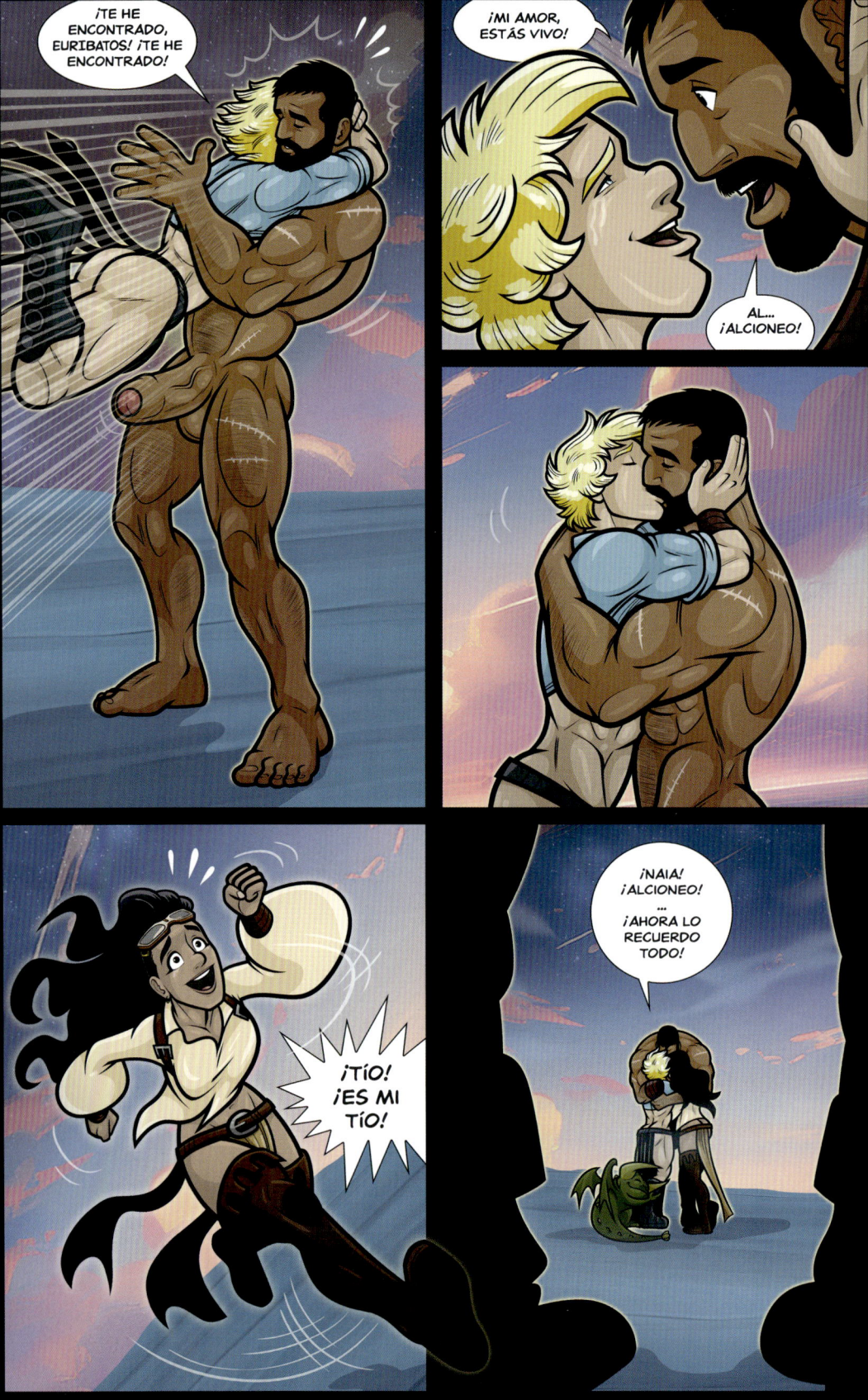

¡TE VOY A ECHAR MUCHÍSIMO DE MENOS, AL!
¡Y YO A TÍ, NAIA!
¡POR FAVOR, SALOCIN, PROTÉGELA!
¡CON MI VIDA, MUCHACHO!
¡PROMÉTEME QUE NO VAS A MORIR!
¡CLARO QUE NO, CIELO! ¡AHORA SOY INVENCIBLE!
¡NO OS PREOCUPÉIS, CHICOS! ¡LOS CUIDARÉ BIEN!
¡CONFÍO EN TI, JUNE! ¡QUE TENGAÍS UN BUEN VIAJE, AMIGOS!

continuará en...

VOLUMEN IX
La Llamada
& Las Puertas

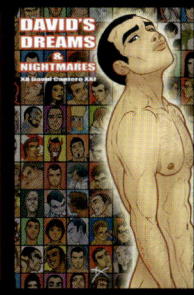
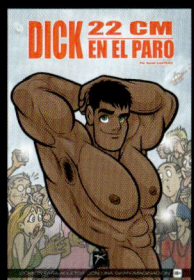
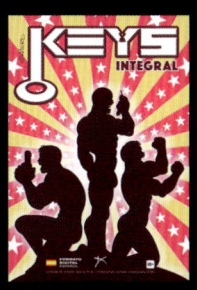
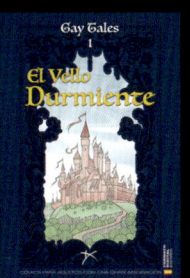

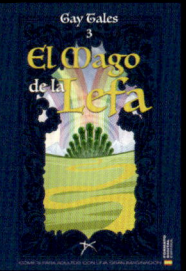
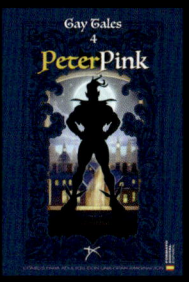
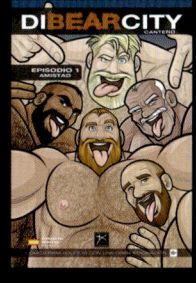
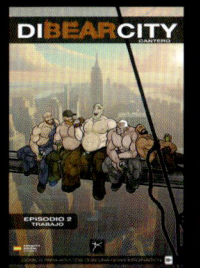

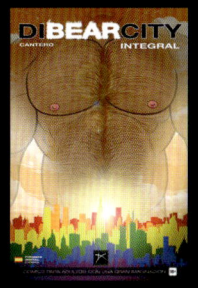

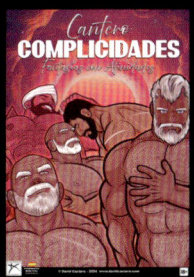

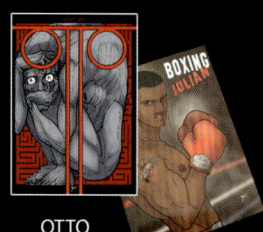

ADRIANNA

MIRAX

ALVANIA

MORPHEUS

PLEXUS

THALOX

TULUM

ONYX

POLUX

DE

DELFOX

ILLIA

FALOX

BEZNAR

NERINEA

IZNETA

HELLIN

PLE

ZELLOYA

GONG

BEARMIA

VIVEN

REMEDIO

M

ONTUR

UTEA